AF384786

NOTICE

SUR

GABRIEL GALLAND

SUIVIE DE SON

AVERTISSEMENT

VÉRITABLE ET ASSURÉ

AU NOM DE DIEU.

PARIS,

IMPRIMERIE ET FONDERIE DE G. DOYEN,

Rue Saint-Jacques, n. 38.

—————

1828.

NOTICE.

Le 10 du mois d'octobre dernier, il se présenta dans une imprimerie de Paris un individu vêtu assez simplement, demandant à faire imprimer un manuscrit qu'il tenait à la main. On en prit lecture, et la première idée qu'on eut fut que ce jeune homme était privé de sa raison. Cependant la manière honnête et décente avec laquelle il s'était présenté ne permettait pas de l'éconduire comme on ferait un fou. On rit d'abord beaucoup, puis on lui dit avec le plus de sang froid qu'on put : - Êtes-vous bien pressé de ce petit ouvrage? — J'ai été dans une autre maison où l'on m'a demandé trois mois pour l'impression : ne pouvant attendre aussi long-temps on m'a dit de m'adresser ici. J'y suis venu, et je désirerais bien que mon ouvrage fût entièrement fini dans la quinzaine. Dites-moi donc, je vous prie, combien vous me ferez payer mille exemplaires brochés, tout compris. » La demande était pressante : il fallait répondre. Le manuscrit pouvait faire environ seize pages in-52; et les frais de l'impression, de papier, de brochure, etc., pouvaient s'élever tout au plus à quarante francs; on espérait en forçant le prix trouver un prétexte plausible de le renvoyer sans le mortifier. « Monsieur, lui dit-on donc, comme nous sommes très-pressés en ce moment, nous ne pouvons guère sans nous gêner beaucoup imprimer ce petit livre dans le temps que vous prescrivez : cependant nous vous le promettons, et vous recevrez les mille exemplaires, tout compris, pour la somme de cent francs. — Eh bien! cent francs, soit. — Comme c'est la première affaire que nous faisons avec vous, nous désirerions bien, monsieur, que cette somme nous fût payée d'avance. » A cette demande une rougeur assez forte couvrit un instant sa figure; soit qu'il fût mortifié de cette condition, soit qu'il fût embarrassé d'y satisfaire sur-le-champ : portant cependant la main à la poche, et les yeux élevés en haut : « Eh bien! dit-il, qu'à cela ne tienne. » Il tira alors une espèce de chiffon de papier, l'ouvrit, et donna au prote les cent francs demandés, consistant en quatre louis anciens et le reste en monnaie.

Ou mit aussitôt son manuscrit en mains, et vingt ouvriers se disputèrent l'honneur ou plutôt le plaisir d'y travailler. « Où faudra-t-il, monsieur, vous faire porter l'épreuve, qui sera prête demain à pareille heure (il était 5 heures du soir)? — Ne vous donnez pas cette peine : je viendrai la prendre moi-même après-demain à dix heures du matin. » Là-dessus il sortit.

Il serait impossible de décrire le mouvement d'hilarité générale qui se répandit dans les ateliers après la distribution du bizarre manuscrit. « C'est un fou, disaient les uns;

c'est un fripon, disaient les autres ; un col-
porteur qui spécule sur la crédulité du peu-
ple ; ou bien c'est peut-être encore une
nouvelle manœuvre des jésuites. » Mais l'opinion la plus générale fut qu'il était fanatisé
et exalté d'une manière étrange. Quoi qu'il
en soit, on continua de travailler pour qu'il
trouvât l'épreuve prête à l'heure dite.

Les ouvriers, au sortir de l'imprimerie,
publièrent avec empressement l'aventure
dont ils s'étaient amusés eux-mêmes : ils
s'étendaient très-longuement sur la tournure
de l'individu, sur la demande subite des
cent francs, sur l'embarras feint ou réel du
jeune homme, sur ce qu'il avait levé les
yeux au ciel, enfin sur le paiement réel,
aussi prompt que la demande.

Le personnage mystérieux, nommé Gabriel Galland, revint le lendemain, vêtu,
comme la première fois, d'une redingote
bleue, d'un pantalon gris, la tête couverte
d'un chapeau de forme ordinaire, d'un noir-
roux, le tout très-propre quoique un peu

usé. Son linge était blanc et d'une matière grossière, comme le reste de son accoutrement. Sa taille est moyenne, ses yeux bleus, sa figure ovale, ses cheveux châtains, taillés en rond derrière la tête et carrément sur le front, où ils tombent droit, et sont cachés par son chapeau, qui n'en laisse apercevoir que l'extrémité. L'ensemble de sa physionomie est agréable, son teint très-frais, le sourire toujours sur les lèvres; la candeur et la bonté sont peintes sur son visage, qui est entièrement sans barbe, quoiqu'il annonce un jeune homme de plus de vingt-cinq ans; sa figure semble enfin toute céleste.

Gabriel entra au bureau en souriant, porta la main à son chapeau pour saluer, mais pourtant sans se découvrir. Nous ferons observer que jamais il ne l'ôta entièrement de dessus sa tête. Jamais ce jeune homme n'a laissé voir le moindre embarras pour répondre aux diverses questions qui lui ont été adressées; toujours il l'a fait avec précision et autant de clarté que ses connaissances apparentes semblaient le permettre ; mais ce que l'on a remarqué avec surprise c'est qu'il n'a jamais employé dans ses réponses les mots OUI ou NON. La seconde fois qu'il vint dans l'imprimerie il vit et entendit, sans se troubler aucunement, les ris et les plaisanteries de presque tous les ouvriers qui, sous toutes sortes de prétextes possibles, venaient au bureau pour le voir. Ayant entendu dire par l'un d'eux qu'il pourrait gagner cinq cents pour cent avec son petit livre, il ordonna que l'on mît sur-le-champ sur la première page : Prix, 2 sous ; prix qui, en supposant la vente de l'édition entière, ne faisait simplement que couvrir ses déboursés. Ce qui est positif c'est qu'il n'eut jamais l'intention de faire rentrer les cent francs qu'il avait payés ; car non seulement il distribua beaucoup d'exemplaires gratuitement, mais il enjoignit formellement qu'on les donnât à dix-huit sous la douzaine à tous les colporteurs qui en prendraient ce nombre : son but unique était, disait-il, de répandre le plus possible un avertissement donné au nom de Dieu. Tout ce que nous pouvons dire de ce singulier personnage c'est que l'on a remarqué que ses discours ne tendaient qu'à faire ressortir les abus introduits par les ministres de la religion ; et l'espèce de prédiction qu'il fait sur leur humiliation prochaine ne donne point lieu de supposer qu'il soit envoyé par un ordre trop célèbre pour tromper les esprits. Ce n'est pas celui que l'on a fait suivre jusque hors l'enceinte des murs de la capitale, et que l'on a vu manger un pain plus noir que celui que l'on donne journellement aux animaux, qui sacrifie cent francs sans le moindre intérêt personnel, ce n'est pas celui-là, dis-je, qu'on peut supposer l'envoyé d'hommes puissants par leurs richesses, leurs honneurs et leur crédit. La patience avec laquelle il écoutait les questions qu'on lui faisait, l'attention qu'il mettait à en bien saisir le sens, la modération avec laquelle il répondait lorsque l'on paraissait même n'avoir pour but que de le contrarier ou de tourner en ridicule ce qu'il annonçait, tout porte à croire que ce n'est ni une tête exaltée ni un fanatique.

L'impression achevée, l'ouvrage fut remis entre les mains de la brocheuse, pour être couvert et rogné. Le modèle in-32 qu'il avait donné pour la couverture et le format était un morceau de papier vert, assez épais, et de forme presque carrée. On enjoignit à la brocheuse de terminer le plus tôt possible cinquante exemplaires qui devaient être remis à Gabriel. Quand on les lui présenta, il les refusa obstinément parcequ'ils n'étaient point conformes à son modèle, et surtout parcequ'ils étaient couverts en papier rouge. Le modèle étant trop carré pour avoir de la grace, on avait évité ce defaut auquel il tenait beaucoup. « Pouvons-nous au moins, lui dit le prote, rogner ces cinquante exemplaires déjà cousus et par ce moyen nous conformer entièrement au modèle ? Tenez-vous absolument à ce que le papier soit changé, même pour ces exemplaires qui sont couverts en rouge ?— J'y tiens, monsieur ; je ne puis aucunement employer cette couleur ; il en a été décrété autrement là-haut. — Eh bien, du vert, soit ; c'est la couleur de l'espérance : on va se conformer à vos volontés. »

Quelques jours après il revint : la brocheuse ayant livré les mille exemplaires, on voulut les lui remettre ; mais il n'en voulut prendre que cinquante, et pria le prote de garder le reste. « Si quelqu'un se présente, lui dit-il, pour en acheter, vous pourrez en vendre tout autant qu'on vous en demandera ; mais vous ne les ferez payer que six liards ou dix-huit sous la douzaine aux malheureux ou colporteurs qui viendront de ma part. » Depuis ce moment jusqu'au jour de son départ, il ne demanda aucun exemplaire ; et l'édition était presque épuisée quand on lui remit son compte, en quittant Paris.

Dix jours environ avant son départ deux inspecteurs de police se présentèrent au bureau de l'imprimerie pour savoir son adresse, et l'arrêter, disaient-ils, s'ils pouvaient.

« Nous avons plus d'intérêt, dit l'un, à nous assurer de lui qu'à arrêter trente voleurs. Cet homme nous est parfaitement connu : c'est un imprimeur ; il était à Lyon sous la surveillance de la haute police ; il a rompu son ban en venant à Paris sans autorisation ; nos ordres sont précis, il faut le trouver et *l'empoigner.* »

Après cette sortie les deux inspecteurs de police se retirèrent peu satisfaits des réponses qui leur avaient été faites : le seul renseignement qu'ils obtinrent fut que sans doute Gabriel reviendrait à l'imprimerie avant de quitter Paris, puisque c'était là qu'il avait établi le dépôt de son *Avertissement,* et qu'aucune somme ne lui avait été payée sur ce qui avait été vendu. Le prote n'avait point induit ces deux messieurs en erreur, car le lundi suivant, à dix heures du matin, il arriva le sourire sur les lèvres. « J'ai appris hier, dit-il, que deux inspecteurs de police étaient venus demander mon adresse pour m'arrêter ; la voici : je vous prie de la leur communiquer, s'ils se présentaient de nou-veau. » Sur la demande qui lui fut faite si ses papiers étaient en règle, et s'il n'avait rien à craindre de la police, il répondit en présentant un permis de séjour qui lui avait été délivré à la préfecture, sur le dépôt de son passe-port. Il répéta aussi ce qu'il avait déjà dit : Qu'il ne craignait nullement les hommes; qu'il irait en prison, à la mort même, aussi gaiment qu'il venait à l'imprimerie.

Quelques jours après il fut mandé par le commissaire de police de son quartier, qui, trouvant ses papiers bien en règle, le renvoya.

Le jour de son départ, il vint à huit heures du matin faire ses adieux aux employés de l'imprimerie, régler son compte avec le prote, et partit muni d'une boite contenant environ cent exemplaires qui restaient de la première édition. Ce ne fut cependant pas sans parler du livre dont *les paroles avaient été mangées*, et qui contiendrait la doctrine du Fils de l'homme. « Dans peu je reviendrai, dit-il, pour vous faire imprimer ledit livre ; mais il faut auparavant que la volonté de Dieu se fasse. Les hommes sont incrédules ; il leur faut des prodiges pour les ramener à la vraie religion : eh bien ! vous ne me reverrez que lorsque les événements prédits seront accomplis. Adieu. »

Un mois environ après son départ, un officier décoré se présenta à l'imprimerie pour prendre des renseignements sur l'auteur de l'*Avertissement*. Déjà il avait à cet effet parcouru les faubourgs Saint-Jacques et Saint-Marcel. Ce qui attachait cet officier à le chercher avec tant d'opiniâtreté c'est, dit-il, que, pendant la dernière campagne d'Espagne, se trouvant dans une ville du midi, il avait assisté au magnétisme de deux jeunes enfants, et que pendant leur sommeil ils avaient annoncé très-distinctement, et en présence de plusieurs personnes qui l'avaient entendu aussi bien que lui, QUE LES DERNIERS VENDREDIS DE MARS 1828 et 1830 IL SE PASSERAIT DES CHOSES INCROYABLES ET EXTRAORDINAIRES.

Cette espèce de prédiction, faite par deux jeunes enfants pendant leur sommeil magnétique, avait vivement affecté cet officier, qui n'en avait pas perdu le souvenir lorsque le hasard fit tomber en ses mains le petit livre de Gabriel Galland. Le rapprochement qui existait entre les événements annoncés de part et d'autre lui inspira le désir le plus vif de connaître cet homme.

Informé que Gabriel, pendant son séjour à Paris, demeurait dans une auberge, barrière de Fontainebleau, avenue de Bicêtre, il se dirigea aussitôt de ce côté dans l'espoir d'obtenir de plus amples détails que ceux qu'il avait déjà recueillis sur le singulier personnage avec lequel il brûlait de se mettre en rapport.

Pour revenir à Gabriel Galland, autrement dit l'Ange, tous ceux qui ont conversé avec lui ont reconnu qu'il avait une opinion saine sur ce qui concerne la religion, et qu'il était un grand ennemi des abus qui se sont introduits dans l'Église. Quelqu'un lui demandant si un catholique devait aller à confesse, il répondit : « Le catholique qui croit à la confession fait bien de la pratiquer; celui qui n'y croit pas fait bien de s'en abstenir; car il vaut mieux être un franc incrédule qu'hypocrite. » On lui parlait du recueillement des fidèles, continuellement troublé à l'église soit par le fermier des chaises, qui demande le prix de la location, soit par les quêtes multipliées pour les frais du culte, l'entretien des séminaires, etc.; soit par la pompe brillante et payée d'une cérémonie qui se fait souvent pour des particuliers; on voulait savoir ce qu'il pensait à ce sujet, et voici ce qu'il dit : « Il y a de grands abus dans l'Église, et là, peut-être plus qu'ailleurs, on est plus attaché aux intérêts temporels qu'aux spirituels. Ces abus viennent de plusieurs sources : 1° de l'éclat excessif qu'on donne aux cérémonies ecclésiastiques, et qui par conséquent nécessite des dépenses considérables; 2° du trop grand nombre d'officiers qu'on entretient, tels que bedeaux, suisses, chantres, enfants de chœur, organiste, etc., etc.; 5° du peu de ferveur des fidèles, qui répugnent à se cotiser et assurer annuellement de quoi pourvoir aux frais du culte; 4° de la cupidité des prêtres en général. » Et quel remède voyez vous à ces abus? lui demanda-t-on.

« Le voici, dit-il; il faudrait que l'exercice du culte fût plus simple, moins coûteux, et de cette manière les hommages des chrétiens n'en seraient que plus agréables à Dieu, qui n'aime ni la pompe ni la magnificence dans l'adoration qu'on lui rend. Quant aux prêtres, il faudrait qu'ils eussent la vocation, qu'on les choisît dans une classe plus relevée que celle d'où on les tire; il faudrait qu'ils fussent désintéressés, qu'ils se contentassent d'une vie plus frugale que celle des autres hommes; que leurs actions fussent toujours en harmonie avec les préceptes qu'ils enseignent, et qu'ils ne fussent point les enfants du siècle. » Quelqu'un lui demanda ce qu'il entendait par *qu'ils ne fussent point les enfants du siècle.* « J'entends, répondit-il, qu'ils méprisent l'argent pour eux-mêmes et ne cherchent à s'en procurer que pour le distribuer à ceux qui sont dans le besoin. J'entends que pour éviter tout soupçon ils n'aient aucune personne du sexe chez eux, sauf leur mère ou leurs sœurs; qu'ils accueillent également bien et le pauvre et le riche; qu'ils administrent les sacrements de la même manière et sans pompe à tous, sans distinction de rangs; qu'il n'y ait point de tarif pour les mariages : tant pour celui qui se célèbre dans telle chapelle, et que le pasteur accompagne d'un discours ou l'orgue de quelque air galant; tant pour celui du deuxième ordre; tant enfin pour le moindre, réservé au pauvre. J'entends qu'on ne sonne point toutes les cloches au baptême ou à la sépulture du riche, tandis qu'elles se taisent à celle de l'indigent. J'entends enfin que les ministres des autels soient vêtus modestement et meublés de même; qu'ils donnent tout aux

pauvres en ne se réservant que le strict né-
cessaire. » Une dame étant venue pour voir
Gabriel lui demanda s'il était marié. « Vous
le dites, répondit-il. — *Vous le dites* n'est
point une réponse qui soit claire, reprit
la dame. Voulez-vous dire que vous l'êtes,
ou seulement que c'est une question que
je vous adresse ? — Je vous répète : Vous le
dites. Quand Pilate demanda à Jésus-Christ
s'il était le roi des Juifs, il fit la même réponse dont je viens de me servir : pour-
quoi les mêmes expressions ne vous satisfont-
elles point ? — On voit que cette question
vous déplait, lui dit un monsieur ; il y au-
rait de l'impolitesse à insister ; changeons
donc de sujet. L'Avertissement signé de
vous semble dire que vous êtes l'Ange ou
le Fils de l'homme : l'êtes-vous, ou seulement son précurseur ? — Cela se peut,
comme il se peut aussi que cela ne soit pas.
— Si vous n'êtes point l'Ange, du moins vous
devez être initié à une partie de ses secrets ;
et, comme je suis ainsi que tant d'autres in-

téressé aux grands événements qui doivent arriver ici-bas, veuillez, je vous prie, avoir la bonté de me dire si le sort des hommes sera aussi heureux qu'ils peuvent le désirer; et s'il faudra se livrer toujours des combats pénibles pour mériter d'obtenir la béatitude éternelle que nos ministres et nos livres saints promettent aux justes. — A l'avénement du Fils de l'homme, répondit Gabriel, il se fera tout aussitôt une révolution dans les choses spirituelles et temporelles. Revêtu d'une grande puissance qu'il tiendra de Dieu, il gouvernera par lui-même. Le catholicisme, purgé de tout ce qui peut s'y être glissé d'humain, sera la religion universelle. Toutes les autres s'y réuniront, il n'y aura qu'elle seule sur la terre ; et alors s'accomplira ce qui est prédit dans les saintes Écritures. Le pape, qui est le chef visible de l'Église, quittera sa chaire pour la céder au Fils de l'homme, qui gouvernera seul, après avoir immolé l'archange, comme il est dit dans le livre. Il n'y aura plus de priviléges, plus de prérogatives. Les abus qui peuvent entacher le culte catholique disparaîtront, et cela d'autant plus facilement que la révolution que se sera faite dans les esprits par la toute-puissance de Dieu aura amené tout-à-coup des mœurs propres à ce nouvel ordre de choses. Au reste le livre explique tout cela ; mais j'en ai mangé les paroles. — De quel livre voulez-vous parler ? répliqua ce monsieur. — C'est un livre d'environ quatre à cinq cents pages. Je l'ai présenté au chef d'une grande ville, qui n'a pas voulu le laisser imprimer, parceque l'archevêque s'y est opposé. Il y est dit qu'en 1850 les mauvais prètres seront cause de l'humiliation, de l'avilissement même de leur ordre, et que les abus dont ils se rendent coupables tous les jours seront réprimés. — Vous venez de dire que l'Ange immolera un archange : il me semble que dans la hiérarchie un archange est plus qu'un ange ; comment donc la chose peut-elle se faire ? — Quand les anges se révoltèrent contre leur Créateur, il y avait des archanges parmi eux. Les uns et les autres furent précipités dans les ténèbres. Les anges restés fidèles à Dieu devinrent dès-lors supérieurs aux archanges rebelles; et c'est un de ceux-ci qui doit être immolé par le Fils de l'homme. — Et les communautés religieuses, telles que jésuites, capucins, trapistes, carmélites, visitandines, etc., etc., subsisteront-elles ? — Tout ce qui est d'institution humaine fera place à ce qui sera d'institution divine. Or les communautés religieuses ayant été établies par les hommes seront abolies, excepté celles qui sont d'utilité publique.—Comment les hommes seront-ils gouvernés sous le rapport temporel ?—Les rois, les chefs des républiques et autres états, ressentiront les premiers les heureux effets de la révolution qui s'opérera dans tous les esprits. Le Fils de l'homme, par la toute-puissance de Dieu, fera en eux une métamorphose parfaite. Ils se dépouilleront, comme par enchantement, de tous les vices qui peuvent les infecter. L'ambition cessera de les tourmenter; ils seront simples, justes, bienfaisants, et ne feront plus verser le sang de leurs sujets pour agrandir leurs états aux dépens de leurs voisins. Le Fils de l'homme sera le premier monarque de la terre; et, dirigés par lui, ils rendront heureux tous ceux qu'ils gouverneront. Les hommes de tous les rangs, de toutes les conditions, se traiteront comme des frères; tout sera commun entre eux, comme autrefois parmi les premiers chrétiens. Celui qui n'aura rien recevra de celui qui aura; et celui qui donnera aura autant de plaisir à donner que l'autre à recevoir. En un mot ce sera l'âge d'or. — Tout ce que vous nous dites là est sans doute un rêve de votre imagination. Quant à moi, je vous avoue franchement que je ne puis croire que de pareilles choses se réalisent jamais. — Eh bien, monsieur, je prédis qu'elles arriveront, grace à la toute-puissance de Dieu. »

Le petit livre de Gabriel Galland, que nous nous sommes procuré, nous ayant laissé beaucoup à désirer, nous nous sommes empressés de recueillir auprès des employés et ouvriers de l'imprimerie, et des personnes qui se sont entretenues avec lui, des renseignements qui nous ont mis à même de donner cette notice sur ce personnage, et de faire connaître les particularités que nous avons rapportées, à la suite desquelles nous avons fait réimprimer son *Avertissement véritable et assuré au nom de Dieu.*

Le manuscrit, dont nous avons mais inutilement offert un prix assez élevé, est scrupuleusement conservé, ainsi que deux exemplaires signés de la main même de Gabriel Galland.

AVERTISSEMENT

VÉRITABLE ET ASSURE

AU NOM DE DIEU.

De la part de Dieu cet Avertissement consiste à prévenir tous les hommes qui sont sur la terre de se préparer à recevoir l'avénement du Fils de l'homme, qui aura lieu en 1850, le dernier vendredi du mois de mars, entre 9 et 11 heures du matin; que le Fils de l'homme immolera un archange dans une ville des plus considérables de la France : après la mort de cet archange, le Fils de l'homme se déclarera visible à toutes les nations qui les conduira au véritable et bon chemin, pour être heureuses à jamais; mais un grand changement général sur la vie spirituelle et temporelle : changement sur la vie spirituelle consiste à se rendre tous au même troupeau, c'est-à-dire une seule religion, parcequ'il n'y a qu'un ciel à gagner ou à perdre ; changement sur la vie temporelle consiste à s'assister et se soulager les uns les autres, parceque tous les hommes sont de la même chair et du même sang. Cependant il y en a plusieurs qui souffrent la pauvreté, tandis que d'autres usent le superflu ; cependant quoique ça, je préviens chaque troupeau en particulier, c'est-à-dire les peuples en général de chaque religion différente ou séparée les unes des autres, qu'ils ne se troublent pas ni qu'ils ne changent pas de coutumes jusqu'à ce qu'ils verront la clarté ; car il y en a qui se croient dans la vérité, ils en sont éloignés ; d'autres qui haïssent les idolâtries, eux-mêmes sont idolâtres ; d'autres qui haïssent le superflu, eux-mêmes en sont remplis. De la part de Dieu, soyez en paix et tranquilles chacun en particulier, jusqu'à l'avénement du Fils de l'homme qui vous donnera toute connaissance et science à chacun en particulier, par le moyen d'un livre qui est écrit et qui deviendra public et général au jour de l'avènement. Vous direz peut-être dans vous-mêmes : Qui est donc le Fils de l'homme? plusieurs ont dit que c'était Jésus-Christ; d'autres ont dit que non : non, Jésus-Christ n'est pas le fils de l'homme, il est fils de Dieu. Le Fils de l'homme c'est un ange à qui Dieu a fait prendre un second corps dans les entrailles d'une femme, comme à Jésus - Christ son fils dans les entrailles d'une vierge. Il y a plus de 29 ans que le Fils de l'homme est né en France dans la pauvreté. Je peux vous le dire en vérité, car c'est moi-même qui vous dis ces paroles qui suis le Fils de l'homme; c'est moi-même qui ai dicté le livre dont il est parlé ci-devant, et même l'ai présenté aux chefs d'une des grandes villes de la France : après en avoir eu la lecture, ils m'ont répondu que je n'étais pas ce que je leur disais ; que j'avais fait ce livre avec illusion : moi après avoir entendu leurs paroles j'ai mangé les paroles dudit livre, pour huit mois : je resterai trois jours avec les morts, et ensuite je ressusciterai et je redicteraï ledit livre, et ils ne pourront plus dire que c'est illusion. C'est moi-même qui immolerai l'archange en 1850 ; c'est moi-même qui conduirai toutes les nations jusqu'au dernier siècle, qui est marqué dans ledit livre.

Peuples en général, je vous conjure au nom de Dieu de n'être pas incrédules envers moi, comme on l'a été autrefois envers Noé, lorsqu'il annonça le déluge. On le regarda comme un insensé ; on se moqua de lui, jusqu'au moment de l'événement que tout le monde cria miséricorde en se voyant tous engloutis dans les eaux. Il en sera de même de moi ; ceux qui seront incrédules ou qui se moqueront de ces paroles que je leur donne aujourd'hui, ils en seront frappés lorsqu'elles s'accompliront.

Je ne vous en dis pas davantage ; vous en voyez assez pour vous préparer à recevoir cet avénement : préparation, c'est-à-dire être dans la paix et dans la tranquillité, l'esprit éclairé et enflammé du bien éternel. Voilà mon désir de vous voir chacun en particulier jouir d'un bonheur qui ne finira jamais.

Peuples chrétiens, vous savez que le fils de Dieu est resté trois jours dans la terre, pour racheter les ames de ceux dont leur corps y a été consumé, et Jonas trois jours dans le ventre de la baleine, pour racheter les ames au nom de Dieu de ceux dont leurs corps ont été mangés ou dévorés par les bêtes : et moi, le Fils de l'homme, je dois rester trois jours dans la mer, pour racheter les ames au nom de Dieu de ceux dont leur corps a été consumé dans les eaux. Cette action aura lieu entre 9 heures et 11 heures du matin, le dernier vendredi du mois de mars prochain 1828, à Marseille, une des grandes villes de la France, où il y a un port de mer, sur lequel je me ferai attacher avec des chaînes de fer à une grosse pierre, ensuite transporter un peu sur l'eau, par le moyen d'un bateau ; en présence des peuples qui m'auront vu ou parlé, on me jettera dans l'eau avec la pierre : le troisième jour je ressusciterai et je viendrai me promener au milieu de la ville.

Ceux qui désireront voir cette action peuvent s'y rendre à l'heure dite ; car cette action ne manquera pas d'avoir lieu ; si elle n'a pas lieu au temps dit, ou que je ne ressuscite pas le troisième jour, vous brûlerez chacun cet Avertissement, et vous n'attendrez plus l'avénement du Fils de l'homme, et vous me regarderez comme un novateur indigne de penser.

Cet Avertissement est général au nom de Dieu, il doit s'étendre sur toute la terre : tous ceux qui voudront l'imprimer ou le faire imprimer selon leur langue, ils sont maîtres de le faire et d'en vendre à leur disposition ; car tout le monde est obligé d'en avertir ses voisins ; principalement les ministres des religions qui annoncent la parole de Dieu doivent l'annoncer à haute voix à leurs troupeaux, sous peine d'en être ébranlés ; celui qui cachera la vérité, ministres des religions, vous n'annoncerez pas cet Avertissement à haute voix avant le dernier vendredi du mois de mars prochain, que vous n'ayez eu des preuves comme je suis ressuscité d'entre les morts, et que cet Avertissement sera augmenté par ceux qui m'auront vu faire cette action, et qui rendront témoignage de la vérité.

Charles X, roi de France, si vous voulez, vous pouvez veiller, où faire veiller sur moi, à l'action que je vás faire à Marseille, si je la fais avec physique ou si c'est la volonté de Dieu; car, après que j'aurai fait cette action au nom de Dieu, vous serez obligé de faire construire une église dans la France, sur le lieu que je vous nommerai, qui est désigné de Dieu il y a plus de deux cents ans.

Signé GABRIEL GALLAND.

Au nom de Dieu immortel au milieu des hommes.

A cet Avertissement toute l'Écriture-Sainte s'accomplira.

Paris, le 15 octobre 1827.

9 782014 448290